AF404018

AMOUR

ET

MAUVAISE TÊTE,

OU

LA RÉPUTATION,

Comédie en trois actes, mêlée d'ariettes;

Paroles de M. ALEXIS,

Musique de M. PACCINI.

Représentée pour la première fois, sur le théâtre de l'Opéra comique, le mardi 17 mai 1808.

Prix : 1 fr. 50 cent.

PARIS,

FRÉCHET, Libraire-Commissionnaire, rue du Petit-Lion-Saint-Sulpice, n. 21 et 24.

1808.

PERSONNAGES.	ACTEURS.
M. DE CRENEUIL,	*M. CHENARD.*
ÉGLANTINE, sa fille,	*Mad. PAUL-MICHU.*
Mad. D'ÉRIC, belle-sœur de M. de Creneuil,	*Mad. ROLANDEAU.*
VALAINCOUR, cousin de Mad. d'Éric,	*M. PAUL.*
BRIAL, autre cousin de Mad. d'Éric, sans être parent de Valaincour,	*M. JULIEN.*
LA FLEUR, valet-de-chambre de Valaincour,	*M. DARANCOURT.*
Un Paysan,	*M. ALLER.*

La scène se passe dans le château de M. de Creneuil, à vingt lieues de Paris.

AVIS.

Tous les exemplaires non signés seront déclarés contrefaits.

AMOUR ET MAUVAISE TÊTE,

OU

LA RÉPUTATION.

ACTE PREMIER.

SCÈNE PREMIÈRE.

Le Théâtre représente le Salon du Château.

EGLANTINE *seule, d'un air rêveur.*

Il est donc achevé ! mon père peut envoyer mon portrait à sa sœur à Paris ; il a voulu qu'on eût en même temps et ma ressemblance et mon ouvrage ; et cela, dit-il, pour des raisons particulières. — Ah ! je crois que c'est qu'il pense à me marier, il s'occupe d'un choix : peut-être a-t-il quelqu'un en vue..... Si j'osais !... mais il répète toujours qu'il tient au caractère, et si je lui nomme Valaincour, seulement sur sa réputation..... Mon Dieu, quelle bizarrerie ! On voit des pères qui ne pensent qu'aux richesses ; d'autres qui s'attachent à la naissance ; mais en a-t-on vu jamais songer au caractère ? Il me semble au moins que cet article-là devrait me regarder plus que lui ; et à cela je dirais...

> Que me fait, si l'on m'aime bien,
> Qu'on soit sujet à la colère ?
> Au bonheur cela ne fait rien :
> Quand on est vif on est sincère.
> On se fâche, on rit tour-à-tour,
> On se querelle, on se pardonne,
> Et c'est le moyen que l'amour
> Ne devienne pas monotone.
>
> Que me fait, si l'on m'aime bien,
> Qu'on ait un peu d'étourderie ?
> Il faut, dans un grave lien,
> Mêler quelque plaisanterie.

Avec les époux trop parfaits,
L'hymen est toujours uniforme;
Et quand l'amour ne rit jamais,
Tôt ou tard il faut qu'il s'endorme.

Que me fait, si l'on m'aime bien,
Qu'on soit enclin à la dépense?
Le manque d'argent ne fait rien
Si le cœur a son opulence.
S'il faut, après un ou deux ans,
Se réduire à des goûts trop sages,
On se dit que les pauvres gens
Sont l'exemple des bons ménages.

SCÈNE II.

ÉGLANTINE, Mad. D'ÉRIC.

Mad. D'ERIC.

Je vous cherchais, Églantine; votre père vient encore de causer long-temps avec moi.

ÉGLANTINE.

Eh bien !

Mad. D'ERIC.

Il en est toujours à parler mariage. « Je ne songerai pas à « la fortune, dit-il ; quant à la figure, cela ne me regarde « pas; mais je ne donnerai jamais mon consentement à l'un de « ces aimables du jour dont tout le monde raffole, et qui sont « fantasques, opiniâtres, emportés. » Et là dessus il fait nombre de citations, en terminant, comme à l'ordinaire, par nommer particulièrement Valaincour.

ÉGLANTINE.

Quelle obstination ! Il ne l'a même jamais vu.

Mad. D'ERIC.

Oui; mais sa dernière affaire a fait tant de bruit !

ÉGLANTINE.

Beaucoup de personnes lui donnent raison.

Mad. D'ERIC.

Mais c'était la vingtième; et sa dispute de pur entête-

(5)

ment, qui l'a brouillé avec son oncle, dont il était l'unique
héritier.

EGLANTINE.

Cela prouve au moins qu'il est désintéressé.

Mad. D' E R I C.

Vous pensez bien que j'ai dit tout cela à M. de Creneuil ; j'ai
même ajouté que Valaincour étant mon proche parent, il le
traitait avec trop peu d'égard : il s'est tu par politesse, mais
non par conviction.

E G L A N T I N E.

Je suis tentée dix fois par jour d'avouer à mon père que
j'ai vu votre cousin pendant le séjour que j'ai fait chez vous à
la campagne, que nous nous aimons.....

Mad. D' E R I C.

Dans ce moment-ci l'épreuve serait trop dangereuse, il
vous refuserait, croyant empêcher votre malheur : aurait-il
tort car enfin !

A I R.

A Valaincour, en bonne mère,
La nature a tout accordé ;
Mais en marâtre bien sévère,
La sagesse a tout refusé.
Sans doute il a de la tournure,
De la grâce, de la douceur ;
L'attrait d'une aimable figure,
Les biens de l'esprit et du cœur,
De la gaîté, de la franchise ;
Il est poli, noble et galant ;
Et quand il fait une sottise,
Ce n'est jamais un trait méchant.
Enfin, comme l'œuvre si belle
De l'antique Pygmalion,
Il ne lui faut qu'une étincelle,
Mais du flambeau de la raison ;
Car, avouons-le sans façon :

A Valaincour, en bonne mère, etc.

Il paraît, on le trouve aimable
Par son esprit ;
Il plaît, séduit,
Et chacun dit :

« En vérité, c'est un bon diable ;
« A tort, je crois, on en médit. »
Mais bientôt un hazard maudit,
Bannit, détruit
Tout son crédit.
Pour un mot il s'emporte,
Se transporte.
Ah ! quel bruit !
Chacun fuit
Et redit :

A Valaincour, en bonne mère, etc.

E G L A N T I N E, *avec dépit.*

Fort bien, fort bien, en vérité ; est-ce ainsi que vous le servez, vous qui vous dites ici depuis huit jours son plénipotentiaire, vous qui voulez ramener mon père à des idées plus justes ? eh bien, madame, quoi qu'il en soit, j'aime mieux tous ses défauts que les vertus d'un autre.

Mad. D'ERIC.

Savez-vous que si vous devenez mauvaise tête aussi, mon rôle sera trop difficile, car la prévention de votre père est le moindre des obstacles que j'aie à combattre ; Valaincour se désespère à Paris ; il forme cent projets extravagans, il se fâche, il s'appaise, il m'accuse de lenteur, d'indifférence ; enfin aux tracasseries de notre correspondance on la prendrait pour celle de deux amans.

E G L A N T I N E, *avec naïveté.*

Il s'impatiente donc beaucoup ? oh ! qu'il est aimable !

Mad. D'ERIC, *en riant.*

Fort bien ; ainsi donc, en langage d'amour, les injures, pour moi, sont une espèce de douceurs pour vous ; mais qu'il se garde bien de céder à son impatience ; ce n'est qu'avec de la prudence et du mystère que nous pouvons réussir ; sa présence gâterait tout mon ouvrage.

E G L A N T I N E.

Oh ! ma bonne amie, je réponds de lui comme de moi-même. — Mais que veut cet homme qui entre si familièrement dans le salon ?

SCÈNE III.

Mad. D'ÉRIC, ÉGLANTINE, UN PAYSAN.

LE PAYSAN, *d'un air mystérieux.*

DITES donc, dites donc.... est-ce que vous ne pourrez pas m'enseiguer la personne qu'il faut que je baillons c'te lettre ?

Mad. D'ERIC.

Voyons.

LE PAYSAN.

Ouiche ! si je vous montre l'adresse, vous serez plus savante que moi.

EGLANTINE.

Il y a donc du mystère ?

LE PAYSAN.

Ils m'ont bien défendu de la nommer, mais c'était peine perdue, car je ne savons pas lire.

EGLANTINE.

Ma bonne amie, je gage que c'est de lui.

LE PAYSAN.

Comment ! de lui ! nenni, nenni, je voulons gagner mon argent en conscience, et je devons garder bouche close.

EGLANTINE.

C'est de lui, ma bonne amie, j'en suis sûre.

Mad. D'ERIC *au paysan.*

Si vous voulez que nous vous disions pour qui est la lettre, il faut, je pense, nous la montrer.

LE PAYSAN.

Nenni, car j'ons de la méfiance que vous ne sachiez lire, et on m'a défendu de ne pas lâcher la lettre qu'à la personne en personne, c'est-à-dire à Mad. d'Eric.

Mad. D'ERIC.

En ce cas, donnez, c'est moi-même.

LE PAYSAN.

Faut-il que je vous croye.

Mad. D'ERIC *lui donne de l'argent.*

Tenez, voilà pour vous le garantir.

LE PAYSAN.

La caution est bonne, c'est pas l'embarras, mais néan=
moins (*il donne la lettre*) tenez, puisque vous m'assurez que
vous êtes bien sûre d'être vous-même la personne....

EGLANTINE *lui donnant aussi de l'argent, mais avec impatience.*

Eh ! oui, oui ; mais allez donc....

LE PAYSAN.

Oh ! dame, je vous crois, mais c'est dommage qu'il n'y
ait pas là quelqu'un pour me l'assurer encore. (*Il sort.*)

SCÈNE IV.

ÉGLANTINE, Mad. D'ÉRIC.

EGLANTINE.

Vous le voyez, peut-on mettre plus de prudence....

Mad. D'ERIC.

Oui, dans le choix du messager.

EGLANTINE.

Eh ! bien.

Mad. D'ERIC, *après avoir commencé à lire.*

C'est bien de lui, votre cœur ne vous a pas trompé.

DUO.

O ciel ! il parle de venir !

EGLANTINE.

Quelle bonne idée !

Mad. D'ERIC, *continuant de lire.*

D'impatience il va mourir.

EGLANTINE.

Je suis enchantée.

Mad. D'ERIC, *continuant.*

Monsieur n'attend, pour partir,
Que la lettre toute aimable,
Où l'amitié favorable...

EGLANTINE.

Bien vîte il faut l'engager.

Mad. D'ERIC, *avec raillerie.*

A ne pas y songer.

EGLANTINE, *d'un air confondu.*

N'y pas songer !

Mad. D'ERIC.

N'y pas songer.

EGLANTINE.

Ne soyez pas trop sévère ;
L'amour fidèle et sincère
Est toujours à ménager.

Mad. D'ERIC.

Je ne serai pas sévère ;
Mais l'amour tendre et sincère
Doit éviter le danger.

Laissez, laissez-moi. Je veux être seule pour écrire ; si vous êtes là il n'y aura pas un mot de raison dans ma lettre, et vous ne la trouverez jamais assez tendre.

EGLANTINE.

Ah ! quel dommage, son projet était si bien de mon goût !

(*Elle sort.*)

SCÈNE V.

Mad. D'ÉRIC seule.

UN père obstiné, une petite fille étourdie, et de plus un amant mauvaise tête, vraiment ce serait trop à la fois. Vîte, vîte ; je vais donner un contr'ordre (*Elle s'approche d'une écritoire*). Je lui sais cependant bon gré d'avoir pris la précaution de m'avertir, c'est plus de prudence à lui que je ne l'aurais imaginé.... Mais que vois-je ? n'est-ce pas La Fleur, le postillon de Valaincour ?

SCÈNE VI.

Mad. D'ÉRIC, LA FLEUR.

Mad. D'ERIC.

QUE venez-vous faire ici ?

LA FLEUR.

C'est mon maître....

Mad. D'ERIC.

Je le sais.

LA FLEUR.

Il vous demande avant d'arriver....

Mad. D'ERIC.

Il perd la tête.

LA FLEUR.

Non, madame, c'est la patience.

Mad. D'ERIC.

Qu'il reste à Paris.

LA FLEUR.

Il n'y est plus.

Mad. D'ERIC.

Où donc est-il ?

LA FLEUR.

A une lieue d'ici. Il dit qu'à force de réfléchir....

Mad. D'ERIC, *avec impatience.*

Eh ! bien, qu'il ne réfléchisse plus, c'est déjà trop que de
vous envoyer ; on peut vous reconnaître, et quel que soit son
incognito.....

LA FLEUR *étonné.*

Comment ! son incognito.

Mad. D'ERIC.

Dites-lui bien que, malgré tout ce mystère, je hais ces
ruses, ces déguisemens que son étourderie finirait par
trahir.....

LA FLEUR.

Mais, madame, je vous assure.....

Mad. D'ERIC.

Je sais tout ce que vous pouvez me dire, allez; et si ma volonté ne suffit pas.....

LA FLEUR.

Puisque vous le voulez ainsi, madame, il n'approchera pas,
et je réponds de sa docilité sur mon honneur.....

(*On entend un bruit dans la cour.*)

LA FLEUR *à part.*

Aïe, j'ai mal choisi la caution.

Mad. D'ERIC.

Qu'est-ce que j'entends ? quel fracas dans la cour !

(*Le bruit recommence.*)

SCÈNE VII.

LA FLEUR, VALAINCOUR, Mad. D'ERIC.

Mad. D'ERIC.

C'EST vous, monsieur ; que venez-vous faire ?

VALAINCOUR, *un peu brusquement.*

Oui, ma cousine, il y a terme à tout, même à la patience.

Mad. D'ERIC.

Comment donc ! et votre lettre.....

VALAINCOUR.

Elle est d'hier.

Mad. D'ERIC.

Et ce message.

VALAINCOUR.

Pas de réponse.

Mad. D'ERIC.

L'avez-vous attendue ? mais enfin que signifie ce train, ces
équipages ?....

VALAINCOUR.

Ah !..... j'avais un plan ; je voulais étonner, éblouir M. de
Creneuil, car enfin en s'annonçant avec de la fortune, en quel
endroit est-on mal reçu ? mais tout en cheminant, j'ai réfléchi ;
oui, madame, j'ai réfléchi que c'était avoir par trop de pru-

dence. Je ne sais pourquoi je souffrirais les propos que M. de Creneuil tient sur mon compte, ce seraient les premiers que j'aurais endurés, et je viens pour qu'il se décide enfin à être mon ennemi ou mon beau-père.

Mad. D'ERIC.

Comment cela?

VALAINCOUR.

Au point où nous en sommes, il n'y a pas deux partis à prendre, me donner sa fille ou bien.....

Mad. D'ERIC.

Vous en rendre raison, n'est-ce-pas?

VALAINCOUR.

Mais enfin de quel droit M. de Creneuil se permettrait-il de me décrier? s'il veut continuer à dire que je suis un étourdi, un querelleur, qu'il devienne mon beau-père, et alors.....

Mad. D'ERIC.

Vous lui accorderez la permission.....

VALAINCOUR.

Il ne m'a jamais vu, il faut au moins qu'il me juge; je veux le convaincre qu'on ne doit pas calomnier un galant homme.....

Mad. D'ERIC.

Qui agit avec tant de modération!

VALAINCOUR.

Avec tous ses propos, on finirait par persuader à Ernestine......

Mad. D'ERIC.

La persuader! elle est aussi mauvaise tête que vous.

VALAINCOUR.

Pauvre petite!

Mad. D'ERIC.

Qui, pauvre petite! qui aime un homme qui ne lui fera jamais le moindre sacrifice.

VALAINCOUR.

Que vous êtes injuste!

Mad. D'ERIC.

Un tendre amant, qui veut tuer le père pour épouser la fille.

VALAINCOUR.

Vous exagérez.

TRIO.

Mad. D'ÉRIC et LA FLEUR.

Le beau projet, en vérité !

VALAINCOUR.

Vous ne m'avez pas écouté.

Mad. D'ÉRIC.

Allez, au gré de votre envie,
Pour accomplir votre dessein,
Le pistolet au poing et l'épée à la main,
Avec un regard spadassin,
Dire au père de votre amie :
« Monsieur, votre fille, ou la vie. »

VALAINCOUR.

Vous outrez la plaisanterie :
Serait-ce donc là mon dessein ?

Mad. D'ÉRIC.

Je parle sans plaisanterie ;
N'est-ce pas là votre dessein ?
Sans doute, avec cette éloquence,
Aisément vous avez raison ;
Mais je dis humblement, et dans toute saison,
« Mieux vaut douceur que violence. »

VALAINCOUR.

Il faut trop de persévérance
Pour n'écouter que la douceur ;
Je n'endure point de lenteur.

Mad. D'ÉRIC, *allant pour sortir.*

Allons, faites à votre tête ;
Marchez à votre conquête ;
Et moi, sans balancer,
Je vais vous annoncer.

VALAINCOUR, *l'arrêtant.*

Quoi ! ma cousine m'abandonne ?

Mad. D'ÉRIC.

Pour un si beau projet, on ne peut vous servir.

VALAINCOUR.

Ah ! vous avez l'âme si bonne !

Mad. D'ERIC.

Eh non ! tout seul il faut agir.

VALAINCOUR.

Mon amour a pu me trahir ;
Mais souvent la bonté pardonne
Faute que suit le repentir.

LA FLEUR.

Oui, souvent la bonté pardonne
Faute que suit le repentir.

Mad. D'ERIC.

Songez bien , si je vous pardonne,
Que c'est au nom du repentir.

Vous vous soumettez donc ?

VALAINCOUR.

A tous vos ordres. La Fleur, dis à mes jockeis de s'éloigner.

Mad. D'ERIC.

Non, non, ce n'est pas la peine.

VALAINCOUR.

Comment donc ? dis qu'on emmène mes chevaux.

Mad. D'ERIC.

Eh ! non, non, qu'ils restent, au contraire, vous ne partirez pas à pied.

VALAINCOUR.

Quoi ! vous voulez que je parte moi-même ?

Mad. D'ERIC.

C'est le premier article de mon traité.

VALAINCOUR

Oh ! pour cela, c'est impossible.

Mad. D'ERIC.

Allons, je vous laisse seul avec votre plan.

VALAINCOUR.

Mais, écoutez donc, ma cousine, je viens ici avec une telle résolution de sagesse et de patience, que je mettrais en défi toutes les contrariétés ; je veux absolument rétablir ma réputation auprès du père de ma chère Églantine, car je sais fort bien qu'on m'a fait passer pour un étourdi, une mauvaise tête, et je veux le convaincre....

(15)

Mad. d'E R I C.

Qu'on ne se corrige pas. Vraiment le mérite serait grand à
rester ici paisible et raisonnable, lorsque personne ne songerait
à vous contredire.....

V A L A I N C O U R, *avec vivacité.*

Vous ne voulez pas vous fier à cet amendement, et je le crois
bien, vous ne savez pas ce que peut l'amour, car vous êtes
belle, aimable, charmante, mais d'une froideur, d'une indifférence.....

Mad. d'E R I C.

C'est le privilége du veuvage, et j'en profite ; mais vous
parlez de modération ; et vous voilà presqu'en colère ; partez,
c'est mon dernier mot, vos équipages auront mis l'alarme dans
tout le château ; mais pour qu'on ne se doute pas de vos étour-
deries, je vous ferai passer pour M. de Brial.....

V A L A I N C O U R.

Ah ! ah ! cet autre cousin que je ne connais même pas.

Mad. d'E L R I C.

Il m'a promis de passer ici à son retour du Dauphiné ; j'ar-
rangerai tout cela, mais partez, M. de Creneuil peut venir d'un
instant à l'autre, et.....

V A L A I N C O U R, *regardant et sans écouter.*

Ma cousine, est-ce lui ? est-ce le père d'Eglantine que je
vois dans cette salle ?

Mad. d'E R I C, *avec beaucoup d'impatience.*

Partez, partez donc vite.

V A L A I N C O U R, *en riant.*

Ma foi, je crois qu'il m'a aperçu ; il vient par ici.

Mad. d'E R I C, *troublée.*

Alors il n'est plus tems, il faut.... Je chercherai, mais
songez-y bien, cela ne retardera pas votre voyage ; je
dirai......

S C È N E   V I I I.

Les Précédens, M. de CRENEUIL.

M. de C R E N E U I L.

Madame, je venais vous montrer.... mais est-ce à monsieur
qu'appartient ce bel équipage ?

VALAINCOUR.

Oui, monsieur, ce sont les plus beaux chevaux de Paris.

Mad. D'ERIC.

Et mon cousin passant près de ce château.....

CRENEUIL, *d'un air embarrassé.*

Ah ! monsieur est parent de madame ?

Mad. D'ERIC, *finement.*

Vous savez que je n'ai que deux cousins, et si M. ne se nomme pas Valaincour, il ne peut s'appeler que Brial.

CRENEUIL, *d'un air ouvert.*

Je sens parfaitement cette différence ; tous les parens ne se ressemblent pas, et dès-lors je compte que M. de Brial......

Mad. D'ERIC, *l'interrompant avec vivacité.*

N'a pas un moment à lui ; imaginez-vous qu'il ne peut seulement nous donner un quart-d'heure ; il est tellement accablé d'affaires.....

CRENEUIL.

J'en suis fâché, mais, toute affaire cessante, il faudra bien que M. nous donne au-moins la journée.....

VALAINCOUR, *vivement.*

Monsieur, c'est un honneur.....

Mad. D'ERIC, *l'interrompant.*

Dont vous sentez toute la privation, je le conçois ; mais comme vous ne pouvez pas oublier que vous vous feriez le plus grand tort.....

VALAINCOUR.

Je n'oublie rien ; je réfléchis pourtant.

Mad. D'ERIC.

Ne réfléchissez pas, car vous savez bien que nous sommes convenus qu'il était impossible.....

CRENEUIL, *avec étonnement.*

Parbleu, madame, vous avez une plaisante manière d'engager ; je parie que monsieur ne refusera pas mon invitation.

VALAINCOUR.

Non vraiment, monsieur ; rien n'est plus désobligeant que ceux qui ne cèdent jamais, et je ne suis pas tellement esclave...

Mad. D'ERIC, *avec la plus grande surprise.*

Acceptez-vous ?

CRENEUIL.

Eh ! sans doute, il accepte, il voit combien c'est m'o—
bliger.

Mad. D'ERIC, *d'un ton piqué.*

Mon cousin pourrait avoir à se repentir de cette inconséquence ; mais l'attrait d'un moment agréable lui fait tout
oublier.

VALAINCOUR.

Je saurai tout concilier.

CRENEUIL, *avec gaîté.*

Eh ! parbleu, madame, laissez le faire, il sait mieux que
vous comment il peut employer son temps (*à La Fleur*).
Tout est arrangé, faites entrer les équipages de votre maître.

(La Fleur sort.)

Mad. D'ERIC, *bas à Valaincour.*

C'est une trahison.

VALAINCOUR, *bas à Mad. d'Eric et d'un air railleur.*

Eh ! non, c'est une victoire.

Mad. D'ERIC à CRENEUIL, *avec intention.*

Monsieur, vous le voulez, je n'ai rien à dire.

SCÈNE IX.

CRENEUIL, VALAINCOUR, Mad. D'ÉRIC.

CRENEUIL.

A I R.

Bien recevoir convive aimable,
C'est-là ma première vertu.
Qu'on soit d'humeur douce et traitable ;
Qu'on aime la chasse et la table,
On est toujours le bien venu.
J'accueille la vive jeunesse,
Je ris de ses légers défauts ;
Je n'aime pas trop de sagesse,
Je ne veux pas trop de défauts :
C'est là mon système, en deux mots :

Il n'a, je crois, rien qui vous blesse,
Et je veux le mettre en crédit.
Quand l'humeur trahit la vieillesse,
L'indulgence la rajeunit.

A ce qui me paraît, Monsieur, vous aimez les équipages,
les chevaux ?

VALAINCOUR, *étourdiment.*

Tout ce qui coûte cher.

Mad. D'ERIC, *à part.*

Sage début !

CRENEUIL.

J'ai été comme cela, de mon temps, les jeunes gens faisaient
mille folies.

VALAINCOUR, *de même.*

Jeux d'enfans, Monsieur ; nous mangeons à présent dans
un jour ce que vous dépensiez dans une année....

Mad. D'ERIC *à Valaincour, d'un ton ironique.*

Bravo !

CRENEUIL, *d'un air piqué.*

Cela me paraît fort ; je vous assure qu'en fait d'extrava-
gances, nous valions notre prix....

VALAINCOUR, *encore plus étourdiment.*

Si je vous racontais seulement une ou deux de mes fre-
daines, vous seriez forcé de mettre bas les armes ; par
exemple....

Mad. D'ERIC, *bas à Valaincour, avec la plus grande impatience.*

Un mot de plus, et je pars.

CRENEUIL.

Mais, monsieur, vous êtes donc.....

VALAINCOUR, *changeant de ton.*

Oui, monsieur, j'étais bien extravagant ; mais tout cela
a changé depuis que je suis amoureux.

CRENEUIL.

Ah ! vous êtes amoureux !

VALAINCOUR.

Et très-sérieusement *(avec explosion)* ; tenez, monsieur,
voulez-vous que je vous mette dans ma confidence....

CRENEUIL *à part.*

Le singulier homme !

Mad. D'ERIC, *interrompant Valaincour.*

N'acceptez pas, monsieur de Creneuil, vous en auriez pour trois heures *(Bas à Valaincour)*. Perdez-vous l'esprit ? *(à M. de Creneuil)* ; mais que tenez-vous donc là , je vous prie ?

CRENEUIL.

C'est l'ouvrage de ma fille que je venais vous montrer; son portrait....

VALAINCOUR, *vivement.*

Pour vous, monsieur.

CRENEUIL.

Non pas , c'est pour....

VALAINCOUR, *brusquement.*

Pour qui donc ?

Mad. D'ERIC, *sévèrement.*

La sœur de monsieur, cela ne fait rien au mérite de l'ouvrage.

VALAINCOUR, *avec une exclamation, en regardant le portrait.*

Oh ! comme il est !....

Mad. D'ERIC, *l'interrompant.*

Bien peint, n'est-ce pas ?

CRENEUIL.

Et pas moins ressemblant , quoique ma fille soit à-la-fois le peintre et le modèle.

VALAINCOUR, *avec finesse.*

Je voudrais bien savoir si l'auteur doit à la nature autant qu'il me paraît devoir à l'art.

CRENEUIL.

Sans vanité, monsieur, ma fille ne s'est pas flattée, la ressemblance est parfaite; Mad. d'Eric et moi pouvons vous l'assurer.

VALAINCOUR, *de même.*

C'est beaucoup, sans doute, mais malgré cela...

CRENEUIL.

Comment donc, monsieur ?

V A L A I N C O U R, *avec intention.*

Oui, monsieur, je vous l'avoue, pour me convaincre. je desire encore davantage, car je suis naturellement fort incrédule.

Mad. D' E R I C, *bas à Valaincour.*

Vous le contrariez.

V A L A I N C O U R, *bas à Mad. d'Eric.*

C'est égal.

C R E N E U I L.

Mais, monsieur, il est certain que ma fille.....

VALAINCOUR, *avec un entêtement affecté.*

Ah ! monsieur, vous ne connaissez pas mes raisons. Cela tient peut-être à un esprit systématique ; mais d'après mes idées, il existe entre ce joli portrait et son modèle une différence inévitable, soit dans l'âge, les traits ou le teint....

C R E N E U I L, *d'un air piqué.*

Pourquoi donc ?

V A L A I N C O U R, *de même.*

C'est qu'on ne peut jamais bien se peindre soi-même. Montrez-moi le modèle, et je vous ferai convenir....

C R E N E U I L, *brusquement.*

Non, monsieur, je ne conviendrai pas.

V A L A I N C O U R, *de même.*

Eh ! bien, j'ai pour moi l'expérience, et je me retranche dans mon opinion, à moins que vous ne m'accordiez la preuve que je vous demande.

C R E N E U I L.

Qu'à cela ne tienne, monsieur, votre expérience sera en défaut ; venez, monsieur, je vais vous présenter à ma fille, et....

V A L A I N C O U R, *très-vivement.*

Nous serons d'accord, j'en suis sûre.

C R E N E U I L.

Pour détruire votre systéme,
Que vous ne pouvez conserver,
Ce que j'ai dit à l'instant même,
L'évidence va le prouver.

VALAINCOUR, *à part.*

Objet de ma tendresse,
Je vais te retrouver.

Mad. D'ERIC, *à part.*

Cette haute sagesse,
Ici va s'éprouver.

CRENEUIL.

On dit que ma fille est belle ;
Je lui crois quelques attraits :
Venez, venez voir le modèle
Dont vous trouvez ici les traits.

Mad. D'ERIC, *à part.*

Redoublons de soin et de zèle ;
Que les amans sont indiscrets !

VALAINCOUR, *à part.*

Je vais voir l'aimable modèle
Dont mon cœur a gardé les traits.

CRENEUIL et Mad. D'ERIC.

Venez, venez voir le modèle,
Et vous reconnaîtrez ses traits.

(Ils sortent.)

Fin du premier acte.

ACTE SECOND.

SCÈNE PREMIÈRE.

VALAINCOUR *entre d'un côté opposé à Églantine ;*
celle-ci, en l'appercevant, veut s'en aller : il l'ar-
rête et dit :

Un mot, un seul mot, ma chère Églantine.

EGLANTINE, *cherchant à sortir.*

Non, non ; si j'entends un mot, je voudrai en écouter deux,
et cela n'est pas bien.

DUO.

VALAINCOUR.

Restez, restez, ô mon amie !
Nous sommes loin des yeux jaloux ;
C'est un bonheur que l'on m'envie :
Que ce moment est doux !

EGLANTINE, *d'un air inquiet.*

Je redoute mon père.

VALAINCOUR.

Ce moment est si doux !

EGLANTINE, *de même.*

Oh ! comme il serait en colère
S'il me savait auprès de vous !

VALAINCOUR.

Point de regards jaloux !

EGLANTINE, *avec incertitude.*

Je crois que c'est mal faire
D'être seule avec vous.

VALAINCOUR.

Ah ! ne songez qu'à ma tendresse ;
Partagez mon heureuse ivresse !

E G L A N T I N E, *tendrement.*

Je sens, quand on peut me blâmer,
Moins de plaisir à vous aimer.

V A L A I N C O U R.

De quoi pourrait-on vous blâmer ?

E G L A N T I N E.

On dit que fille jeune et tendre,
D'un rendez-vous doit se défendre;
Et demeurer seule avec vous,
N'est-ce pas comme un rendez-vous ?

V A L A I N C O U R.

Mon cœur est soumis comme tendre;
Pourquoi donc vouloir se défendre
D'accorder un moment si doux ?
Non, ce n'est pas un rendez-vous.

SCÈNE II.

LES MÊMES. MAD. D'ERIC.

Mad. D'ERIC.

Ensemble ! voilà donc, Valaincour, comme vous tenez la promesse d'être prudent, que vous venez de me donner à l'instant même ! Je devrais bien vous faire une morale.... mais heureusement pour vous, M. de Creneuil me suit : laissez-moi seule avec lui. Je veux savoir ce qu'il pense de son nouvel hôte, et vous viendrez nous rejoindre dans un instant.

(VALAINCOUR *veut suivre Eglantine; Mad. d'Eric les sépare.*)

SCÈNE III.

MAD. D'ERIC, CRENEUIL.

CRENEUIL.

Vous avez là, Madame, un parent qui est fort de mon goût; il cause avec esprit et gaîté, et s'il ne raisonne pas toujours avec justesse, du moins c'est avec une originalité qui amuse, et que son âge fait excuser. Pourquoi donc vouliez-vous l'éloigner si vîte....?

Mad. D'ERIC.

Vous êtes si sévère pour les jeunes gens que je craignais....

CRENEUIL.

On sait distinguer ceux qui le méritent.

Mad. D'ERIC, *embarrassée.*

En effet, mon cousin gagne beaucoup à être connu, et s'il semble peut-être léger, étourdi....

CRENEUIL.

On n'est pas sans défauts, où en serait-on si on n'avait pas d'indulgence....

Mad. D'ERIC.

Voilà parler! ainsi donc.

CRENEUIL.

Parce que je me suis expliqué franchement sur votre M. de Valaincour qui n'est connu que par des sottises, et que pour rien au monde je ne voudrais recevoir chez moi, ce n'est pas une raison pour que je n'accueille pas bien ce jeune homme qui a l'air franc et ouvert. Entre nous soit dit, je crois m'être apperçu qu'il regarde beaucoup ma fille; quelles sont ces manières? quel est son caractère?

Mad. D'ERIC, *sans avoir l'air de l'écouter.*

Il a en environ cinquante mille livres de rentes.

CRENEUIL.

Peste! c'est un bel avoir!—Et son caractère?

Mad. D'ERIC, *de même.*

En fonds de terre, avec de belles habitations.

CRENEUIL.

Vraiment! quant à sa moralité?....

Mad. D'ERIC, *de même.*

Pas un sol d'hypothèque.

CRENEUIL, *avec impatience.*

J'entends tout cela, mais enfin....

COUPLETS.

Quand il s'agit de mariage,
Et qu'il se présente un époux,

Maintenant on a pour usage
De dire : « Combien avez-vous ? »
Je veux que ma fille ne pense
Qu'à l'homme digne de son cœur ;
Je ne mets pas dans la balance
La richesse auprès du bonheur.

Mad. D'ERIC.

Ce langage est celui d'un père,
Tous blâment ce tort comme vous ;
Mais à la méthode vulgaire
Tôt ou tard ils reviennent tous. ,
L'intérêt a fixé l'usage ,
Et chacun veut également
Donner un éloge au plus sage, ,
Et sa fille au plus opulent.

CRENEUIL.

Parbleu, madame, soyez persuadée que je suis......

Mad. D'ERIC.

Comme tout le monde.

SCÈNE IV.

CRENEUIL, Mad. d'ERIC, VALAINCOUR.

Mad. D'ERIC.

EH ! venez donc, venez vîte, mon cousin, car on parle de vous et c'est pour en dire du bien.

VALAINCOUR, *très-vivement.*

Quoi, monsieur, j'aurais triomphé de vos préventions !

CRENEUIL, *étonné.*

De quelles préventions ?

VALAINCOUR, *avec transport.*

Serait-il vrai, monsieur ? je puis espérer.....

CRENEUIL, *après avoir réfléchi.*

Je vois ce que c'est ; mad. d'Eric vous a sans doute parlé de nos discussions au sujet de cet autre parent dont elle est toujours à faire l'éloge et moi la critique.

VALAINCOUR, *avec confusion et dépit.*

J'aime à voir que ma cousine prenne le parti de ses parens.....

CRENEUIL.

Mais il s'agit de M. de Valaincour; vous n'êtes pas sans en avoir entendu dire du mal.....

VALAINCOUR.

Ma foi, monsieur, le moins que je peux.

Mad. D'ERIC.

Vous avez raison.

CRENEUIL.

Pourtant......

VALAINCOUR, *très-vivement.*

Je crains toujours la calomnie : ne sait-on pas ce qu'elle peut faire ? un peu de pétulance, beaucoup d'étourderie, quelques sottises, et par-dessus tout cela, le monde qui invente, qui exagère; voilà comme se fait une mauvaise réputation. Il s'est battu, c'est qu'il est brave; il est entêté, c'est qu'il a du caractère; étourdi, par trop d'imagination.

CRENEUIL.

Oh ! mais, à vous entendre.....

Mad. D'ERIC,

Votre bon cœur vous emporte; vous défendez avec trop de chaleur un homme que vous ne connaissez pas.

CRENEUIL.

Bien, jeune homme, c'est l'esprit du corps; il faut toujours que les jeunes gens se soutiennent entre eux; cela part d'un bon naturel.

VALAINCOUR, *riant.*

Ne m'en faites pas un mérite, cela tient à moi.

SCÈNE V.

LES PRÉCÉDENS, *un Domestique.*

LE DOMESTIQUE.

Il arrive à la grille du château l'équipage d'un parent de madame.

Mad. D' É R I C, *avec trouble.*

Un parent !

V A L A I N C O U R, *éclatant de rire avec la plus grande étourderie.*

Ah ! ah ! ah ! si c'était...

Mad. D' É R I C, *se hâtant de l'interrompre.*

M. de Valaincour, voulez-vous dire ? car je n'ai plus d'autre parent à attendre.

C R E N E U I L.

Je m'en doute à votre embarras, mais n'importe, qu'on l'amène au salon, je vais....

Mad. D' É R I C, *avec le plus grand trouble.*

L'amener !.... non vraiment, il faut...

V A L A I N C O U R.

Nous serons tout-à-l'heure en assemblée de famille ; je serais enchanté de voir votre cousin, je ne l'ai jamais vu.

Mad. D' É R I C, *avec dépit.*

La rencontre est vraiment heureuse ! et je suis charmée qu'elle vous plaise ; mais je prie M. de Creneuil de se bien souvenir que si Valaincour est ici, ce n'est pas ma faute.

C R E N E U I L.

Ne gênons pas madame, et laissons-la recevoir son parent. Ces étourdis-là ne s'embarrassent de rien et trouvent moyen de se glisser par-tout... mais nous reviendrons dans un instant, et vous verrez si j'ai tort.

V A L A I N C O U R.

Je serais pourtant fort étonné de voir arriver l'étourdi que vous craignez.   *(Ils sortent.)*

Mad. D' É R I C, *seule.*

Allons..... Voici Brial lui-même, je n'en peux douter ; il vient plutôt que je ne l'attendais, et mon embarras.....quelle faiblesse d'avoir souffert que Valaincour, en dépit de moi... il faut pourtant avertir Brial, mais ne pas lui confier le secret.....

SCÈNE VI.

Mad. D'ÉRIC, BRIAL.

BRIAL, *d'un air très-empressé.*

Enfin, ma cousine, j'ai terminé mes maudites affaires plutôt que je ne l'aurais espéré, et j'ai volé du tems à l'ennui pour le donner au plaisir ; je viens le vous consacrer comme vous me l'avez fait promettre.....

Mad. D'ÉRIC, *avec trouble.*

C'est un compliment bien sincère.... je suis charmé que vos embarras.... vous ne pouvez douter....

BRIAL, *d'un air surpris.*

Je n'ai pas cru pouvoir trop hâter l'instant d'être près de vous, mais j'espère que je n'arrive pas....

Mad. D'ÉRIC, *de même.*

Toujours à propos, je vous assure, et je suis enchantée....

BRIAL.

Mais, ma cousine, vous avez aujourd'hui un air d'enchantement qui est bien triste, vous dont l'accueil a d'ordinaire tant de grâces ! n'est-ce pas d'accord avec M. de Creneuil ?

Mad. D'ÉRIC, *souriant.*

Sans doute, il vous attendait, mais.... mais il ne vous attend plus.

BRIAL.

Et pourquoi donc cela ?

Mad. D'ÉRIC *hésitant.*

C'est.... c'est que vous êtes déjà arrivé.

BRIAL.

Je suis arrivé.

Mad. D'ÉRIC, *avec gaîté.*

Néanmoins votre personne est très-bien venue, mais seulement votre nom....

BRIAL.

Mon nom !

Mad. D' E R I C.

Oui , votre nom me met dans un grand embarras.

B R I A L.

Comment cela ? est-il proscrit ?

Mad. D' E R I C,

Au contraire , vous venez seulement un peu trop tard , un autre l'a pris

B R I A L, *choqué*.

On a pris mon nom !

Mad. D' E R I C.

Que votre honneur ne s'offense pas, c'est moi qui l'ai donné.

B R I A L , *en riant*.

Voilà un singulier cadeau !

Mad. D' E R I C.

Je voulais donner une bonne recommandation à un jeune homme auquel je m'intéresse.... L'amitié n'est pas trompeuse comme l'amour , et vous pouvez me croire, c'est en son nom que je vous prie d'être persuadé que tout ceci ne me regarde pas , mais dites-moi , on vous a vu ? et vous ne pouvez plus repartir ; on sait que vous êtes mon parent , et vos gens....

B R I A L.

Sont tous à l'auberge. Je n'ai avec moi qu'un postillon Allemand qui ne sait dire que *dass vvein ist gout*.

Mad. D' E R I C, *d'un ton caressant*.

Mon ami , vous ne pouvez pas rester sans nom ; puisque j'ai disposé du vôtre , il faut bien que je le remplace.

B R I A L.

Parlez, c'est-là qu'un auteur trouve toujours son génie.

Mad. D' E R I C, *de même*.

Je n'ai pas le choix ; on vous a annoncé pour un de mes cousins , et je n'en ai que deux.

B R I A L.

Ah ! j'entends ; si bien donc qu'il faudra que je passe pour une mauvaise tête, car je vois qu'il faut que je prenne Valaincour pour patron.

Mad. D' E R I C.

Vous avez deviné.

B R I A L, *hésitant.*

En vérité je ne me sens pas tout-à-fait digne de la réputation que vous me donnez à soutenir, et.....

Mad. D'E R I C, *l'interrompant.*

Vous ne saurez pas refuser de me rendre un service.

B R I A L, *gaîment.*

Mais vous me laisserez donc faire quelques sottises, car
on ne peut donner un titre sans les priviléges.

SCÈNE VII.

Mad. D'ERIC, CRENEUIL, BRIAL, VALAINCOUR.

Mad. D'E R I C, *bas à* B R I A L.

Voici un second vous-même.

B R I A L, *à part.*

Voyons s'il me fait honneur.

Mad. D'E R I C, *avec embarras.*

M. de Creneuil veut-il bien que je lui présente encore.....

C R E N E U I L, *vivement.*

M. de Valaincour.

B R I A L, *avec beaucoup de légèreté.*

Vous m'avez nommé, monsieur, malgré que je n'aye pas
l'honneur d'être connu de vous; vous avez sans doute entendu
parler de moi?

V A L A I N C O U R, *éclatant de rire.*

Ah! vraiment, monsieur, voilà une connaissance que je
ne m'attendais pas à faire; la rencoutre....

Mad. D'E R I C, *l'interrompant.*

Est inattendue, car je ne comptais pas du tout sur la présence de M. de Valaincour.

B R I A L *à* Mad. D'E R I C.

Mais, ma cousine, ceci est très-désagréable pour moi.

V A L A I N C O U R, *d'un ton piqué.*

Cet événement n'a rien de bien fâcheux.

CRENEUIL, *à part.*

Ces messieurs se font mes honneurs.

BRIAL.

Je vois clairement d'où vient un peu d'humeur de ma chère cousine; je sais bien que je passe pour le premier des étourdis.

VALAINCOUR, *vivement.*

Le premier !

Mad. D'ERIC.

Eh *!* monsieur, laissez à chacun ses prétentions.

QUATUOR.

BRIAL.

Je sais qu'on me dit peu traitable,
Et je suis pourtant un bon diable;
Car devant moi, de Valaincour
On peut bien parler sans détour,
Raconter chaque mauvais tour;
Vraiment je ne ferai qu'en rire,
Je ne vous contredirez pas.

VALAINCOUR, *avec dépit.*

Eh ! pourquoi donc forcer à dire,
Monsieur, ce qu'on ne pense pas?

CRENEUIL, *bas à Valaincour.*

Laissez, laissez-le dire,
Je ne le contredirai pas.

Mad. D'ERIC.

Eh ! pourquoi donc forcer à dire
Ce qu'ici l'on ne pense pas.

BRIAL.

Parlez, parlez sans embarras;
Ce qu'on dit ne le sais-je pas?
« Il a souvent cherché querelle; »
Mais chacun avec moi dira :
« Bien adroit celui qui pourra
« Lui faire sauter la cervelle. »

VALAINCOUR ET LES AUTRES.

Oh ! quelle tête sans cervelle !

(Bas à Mad. d'Eric.)

Cet homme-là me damnera !

Mad. D'ERIC, *bas à Valaincour.*

Songez donc, qu'il vous servira.

BRIAL, *bas à Mad. d'Eric.*

N'ai-je pas du personnage
Pris la manière et le ton ?

Mad. D'ERIC, *bas à Brial.*

Laissez là ce personnage,
Et prenez un meilleur ton.

VALAINCOUR, *à part.*

En l'écoutant davantage
Je vais perdre la raison !

CRENEUIL, *bas à Valaincour.*

C'est bien-là le personnage :
Oh ! comme il a mauvais ton !

Mad. D'ERIC, *à part.*

Il faut éconduire Brial : Valaincour serait homme à perdre
patience. (*Haut.*) Allons, allons, mon cousin, soyez modeste,
laissons-là votre panégyrique ; nous avons à causer d'affaires de
famille. (*bas à Creneuil.*) Si je ne l'emmène il vous dira mille
sottises. (*bas à Brial.*) Venez, cette plaisanterie est déplacée.
(*bas à Valaincour.*) C'est une épreuve, soutenez-là. (*Elle*
sort avec Brial.)

SCÈNE VIII.

CRENEUIL, VALAINCOUR.

CRENEUIL.

CET homme-la me met en colère.

VALAINCOUR.

Et moi donc !

CRENEUIL, *avec chaleur.*

Ah ! je suis bien-aise que vous soyez de mon avis ; on m'a-
vait bien dit qu'il était fort joli garçon, parlant bien, un air
de gaîté qui séduit ; tout cela est dangereux, et les femmes
n'ont que trop de penchant pour ces sortes de foux. Aussi
j'avais prévenu mad. d'Eric, et je crois même entrevoir
que ce n'était pas sans quelque intention secrète qu'elle prenait

si souvent sa défense ; quand on a une fille à marier, on voit de
loin, mais quoi qu'on fasse, j'en fais le serment devant vous,
et je vous en prends à témoin, jamais ma fille ne sera.....

VALAINCOUR *l'interrompant.*

Sacrifiée ; je vous entends, monsieur.

CRENEUIL.

Une fois sorti de chez moi, je ne veux plus en entendre
parler, je me brouillerai plutôt avec mad. d'Éric, et qu'il ne
pense pas y rester long-temps ; je veux absolument trouver
quelque moyen poli de l'éloigner aujourd'hui même ; un prétexte, un service, n'importe ; ce Valaincour est un brouillon,
un tapageur, capable de vous chercher dispute au moindre
mot ; je ne veux pas qu'un homme aimable et que je considère,
soit en butte aux fantaisies d'un étourdi.   (*Il sort.*)

SCÈNE IX.

VALAINCOUR.

Cet homme-là ne m'adresse jamais un éloge sans me dire du
mal de moi ; c'est cet autre cousin qui me vaut tout cela. Soyez
donc raisonnable, les autres font des sottises pous vous ! oh si
je n'avais promis de ne confier mon nom à personne, j'irais.....
Mais après tout que m'importe, Brial peut garder mon nom,
pourvu que je garde sa place, il va partir et moi je resterai,
l'amour me rend capable de tout, je saurai écouter ses mauvaises plaisanteries, en rire même.....

SCÈNE X.

BRIAL, VALAINCOUR.

BRIAL, *d'un air mystérieux.*

Monsieur, êtes-vous seul ?

VALAINCOUR, *à part.*

Que signifie cet air mystérieux ?

BRIAL.

D'abord, point de remercîment, je n'en veux pas.

VALAINCOUR.

Des remercîmens, à vous, monsieur ?

BRIAL.

Je ne vous connais pas du tout, mais je suis enchanté d'être utile à vous et à ma cousine ; ce que j'ai fait n'a été que pour vous faire plaisir.

VALAINCOUR, *à part.*

Il a bien réussi.

BRIAL.

Mais je vois à votre air que nous ne nous entendons pas, je ne suis pas Valaincour.

VALAINCOUR, *avec un étonnement ironique.*

Vraiment !

BRIAL.

Eh ! non : c'est un rôle dont m'a chargé mad. d'Eric, ne m'en suis-je pas bien tiré ; n'ai-je pas bien fait la mauvaise tête.

VALAINCOUR *avec un dépit dissimulé.*

Vous y mettez beaucoup de naturel.

BRIAL.

Vous est donc content ?

VALAINCOUR, *de même.*

Enchanté.

BRIAL.

Eh ! bien, vous allez m'aider, car cela vous regarde plus que moi. Entre jeunes gens on imagine mieux les folies, cherchons ensemble quelque originalité qui convienne au personnage ; en sauriez-vous par hasard quelqu'une des siennes ?....

VALAINCOUR, *de même.*

N'est-ce pas assez de les laisser dire aux autres ?

BRIAL.

Mais songez-y bien, monsieur, si je suis raisonnable, on se doutera que je ne suis pas Valaincour ;....

VALAINCOUR, *avec une ironie amère et cachée.*

Parpleu ! monsieur, pour établir ainsi son caractère, vous le connaissez donc beaucoup ?

BRIAL.

Pas plus que vous ; mais cela nous fera rire. Bon ! vous

avez déjà l'air préoccupé, trouvez-vous quelque solide extravagance ? quelque trait caractéristique ? allons, mettez-vous à sa place , y êtes-vous ?....

VALAINCOUR, *brusquement.*

Eh ! non, monsieur, je n'y suis pas.

BRIAL, *sans y prendre garde.*

Rien n'est heureux comme la liberté de ce caractère; il me convient à merveille, je puis tout hasarder. Une plaisanterie au père, un mot tendre à sa fille, un aveu même....

VALAINCOUR, *prêt à éclater.*

Ceci devient d'une inconséquence....

BRIAL.

Précisément, c'est le cachet ; mais chut !... j'ai cru entendre quelqu'un, au revoir, il ne faut pas qu'on nous surprenne ensemble, tout serait perdu, si on savait que nous sommes d'intelligence....

(*Il sort en courant.*)

SCÈNE XI.

VALAINCOUR, *seul.*

D'INTELLIGENCE ! il a bien deviné !

AIR.

Mon sang bouillonne,
Ma voix frissonne,
Comment ai-je su le cacher ?
C'est un délire ,
C'est un martyre.
Oh ! si je pouvais me fâcher !
Faut-il se taire ?
Quand de colère
Vingt fois on se sent enflammer ;
Oh ! si je pouvais me fâcher !
Amour ! double ici ton empire ;
A mes transports toi seul peut m'arracher.
Amour, souvent il faut me dire :
Qu'un éclat pourrait empêcher
Le bonheur où mon cœur aspire.

Mais quel délire !
Mais quel martyre !
Quel dépit il me faut cacher !
Oh ! si je pouvais me fâcher !
Ah ! reviens vîte, objet cher à mon cœur !
Il a besoin de ta présence ;
Ta voix aura tant de puissance !
Viens par un mot consolateur,
Donner un terme à ma souffrance,
Comme une aurore à mon bonheur.

SCÈNE XII.

VALAINCOUR, ÉGLANTINE, Mad. D'ERIC,
qui arrivent en riant.

VALAINCOUR *avec étonnement.*

VOILA une gaité bien consolante !

EGLANTINE.

Nous venons auprès de vous, rire bien en liberté.
(Elle rit.)

Mad. D'ERIC.

Brial était vraiment plaisant, quand il faisait votre caricature. *(Elle rit.)*

VALAINCOUR *avec une ironie amère.*

En effet, ce passe-temps m'a beaucoup diverti.

Mad. D'ERIC, *avec bonne foi.*

Ah ! tant mieux, je craignais que vous n'eussiez pris cela un peu de travers.

EGLANTINE.

Eh ! non, ma bonne amie, ne vous-avais-je pas dit qu'il s'en amuserait comme nous ; aussi quand Mad. d'Eric ma raconté toute votre aventure, j'ai ri, oh ! j'ai ri.... et dès que j'y pense.

(Elles rient toutes deux.)

VALAINCOUR.

Ne vous contraignez pas, mesdames.

Mad. D'ERIC, *avec surprise.*

Ne prend-il pas un ton tragique ?

VALAINCOUR *à Eglantine, avec beaucoup*
d'amertume.

Riez, riez, du supplice que j'éprouve, des affronts que
j'endure, mais permettez-moi de croire, mademoiselle, que
vous n'avez jamais connu l'amour.

EGLANTINE, *interdite et choquée.*

Comment ! je n'ai jamais connu l'amour !

Mad. D'ERIC.

Le voilà qui perd la tête.

VALAINCOUR, *avec explosion.*

Oui, oui, j'ai perdu la tête, mais c'est le jour où je pris
un attachement sérieux pour un enfant...

EGLANTINE, *de même.*

Un enfant ! un enfant ! ma bonne amie, quelle in-
dignité !

SCÈNE XIII.

Les Précédens, BRIAL.

Mad. D'ERIC.

Silence, voici Brial.

VALAINCOUR *à lui-même.*

Oh ! si je pouvais trouver quelque bonne querelle !

BRIAL.

Je ne croyais pas, mesdames, devoir sitôt vous faire mes
adieux, mais M. de Creneuil a tant de bonté pour
moi qu'il me force de partir, il m'honore de sa confiance
en me chargeant d'un dépôt précieux qui, dit-il, doit être
remis promptement, ainsi donc à la pointe du jour avec
l'image de mademoiselle....

VALAINCOUR.

Ah ! vous comptez emporter le portrait de mademoiselle....

BRIAL.

Demain.

VALAINCOUR, *d'un ton tranchant.*

Cela ne se peut pas.

BRIAL.

Comment donc ?

EGLANTINE et Mad. D'ERIC, *bas à Valaincour.*

Pour Dieu *!* taisez-vous.

VALAINCOUR, *de même.*

Si quelqu'un doit en être chargé, c'est moi.

Mad. D'ERIC.

Monsieur part demain.

VALAINCOUR.

Et moi ce soir.

EGLANTINE.

Y pensez-vous.

VALAINCOUR.

Choisissez, mademoiselle, qui de nous deux aura la pré-
férence. -

BRIAL, *surpris.*

Mais, monsieur, de quel droit ?

VALAINCOUR.

Mademoiselle va l'expliquer.

Mad. D'ERIC à VALAINCOUR.

Allez-vous faire une scène ?

VALAINCOUR.

Pourquoi pas.

EGLANTINE, *troublée.*

Vous voyez bien.... mon.... monsieur, que je ne peux pas
m'opposer à la volonté de mon père.

VALAINCOUR, *avec l'ironie la plus amère.*

Ah ! fort bien. C'est un refus.

MORCEAU D'ENSEMBLE.

EGLANTINE et Mad. D'ERIC.

Ecoutez la raison.

BRIAL.

Quelle est votre raison ?

(39)

VALAINCOUR.

Il s'agit bien de la raison !

EGLANTINE *et* Mad. d'ERIC.

Vous voulez quitter la maison.

VALAINCOUR.

La douceur n'est plus de saison.
Plus de patience,
De vaine prudence,
De froide constance :
C'est trop languir !
C'est trop souffrir.

Mad. D'ERIC *et* EGLANTINE.

Quelle démence !

VALAINCOUR.

Il faut agir,
Se découvrir :
Je n'y peux plus tenir.

Mad. D'ERIC *et* EGLANTINE.

Au bruit qu'il fait on va venir,
Le découvrir :
Qu'allons-nous devenir ?

BRIAL.

De ce chaos que verrons-nous sortir ?

SCÈNE XIV.

LES PRÉCÉDENS, M. DE CRENEUIL.

M. DE CRENEUIL.

Messieurs, quel est donc ce tapage ?
On dirait qu'on se fâche ici.

(à part.)

C'est Valaincour, je le gage :
Je prévoyais tout ceci.

Mad. D'ERIC *et* EGLANTINE, *bas à Valaincour.*

Par votre fougueux caractère,
Ah ! ne soyez plus emporté.

VALAINCOUR.

Eh ! laissez-là mon caractère.

CRENEUIL, *s'adressant à* BRIAL.

Quoi! votre fougueux caractère,
Déjà vous a donc emporté?
Monsieur, d'où vient cette colère?

BRIAL.

Je n'en sais rien, en vérité.

Mad. D'ERIC *et* EGLANTINE, *à* VALAINCOUR.

Calmez, calmez votre colère.

VALAINCOUR, *à part.*

J'avais besoin d'être en colère.

CRENEUIL *à* BRIAL.

Un tel éclat doit me déplaire.

BRIAL, *montrant* VALAINCOUR.

C'est Monsieur qu'il faut consulter;
C'est lui qui sait tout le mystère :
Ce portrait le met en colère,
Et je ne fais que l'écouter.

VALAINCOUR.

Oui, c'est moi qui doit l'emporter.

CRENEUIL.

A quel titre?

VALAINCOUR.

Au nom de l'amour.

CRENEUIL, *éclatant.*

De l'amour!
Que fait l'amour à ce message?
Mais n'insistez pas davantage;
Je l'ai confié dans ce jour.
A Monsieur de Valaincour.

VALAINCOUR.

C'est donc moi qui fais le voyage,
Car c'est moi qui suis Valaincour.

CRENEUIL.

Vous Valaincour!

(Tous répètent ensemble, mais avec une expression diffé-
rente :)

Valaincour!

(41)

CRENEUIL, *d'un ton irrité.*

Ceci cache plus d'un mystère.

BRIAL.

C'était donc-là tout le secret ?

Mad. D'ERIC *et* EGLANTINE.

Ah ! Valaincour, qu'avez-vous fait ?

VALAINCOUR, *avec boutade.*

Tout ce mystère me génait.

CRENEUIL, *à* Mad. D'ERIC, *avec une ironie très-amère.*

Vous gardez fort bien un secret.

EGLANTINE.

Je tremble devant mon père ;
J'ai mérité sa colère :
Ah ! je vois que j'ai mal fait.

CRENEUIL, *à Églantine.*

Venez, suivez votre père ;
Pour craindre tant sa colère,
Ma fille, qu'avez-vous fait ?

(Creneuil emmène Églantine.)

Mad. D'ERIC.

Craignons tout de leur colère ;
Ils parlent avec mystère :
Observons-les en secret.

BRIAL, *à Valaincour.*

Je saurai vous satisfaire ;
Mais il faut avec mystère
Déguiser notre secret.

VALAINCOUR, *serrant la main à Brial avec mystère.*

Tous deux nous avons à faire.
Vous m'entendez, je l'espère :
Éloignons-nous en secret.

(Brial et Valaincour sortent ensemble ; mad. d'Eric les suit
de loin.)

Fin du second acte.

ACTE TROISIÈME.

SCÈNE PREMIÈRE.

Mad. D'ÉRIC, ÉGLANTINE.

Mad. D'ERIC.

Ce que je vous dis est certain, j'étais là, ils ne m'ont pas aperçu. Valaincour voulait en sortant du château emmener Brial avec lui. — Non pas, a répondu Brial, vous me connaissez pour homme d'honneur; mais je suis sûr qu'on se doute de notre querelle, et qu'on est sur nos traces, pour nous séparer, si nous sortons ensemble. Allez m'attendre à la première poste, je saurai m'y rendre avant la nuit, et sans éveiller le soupçon. — Vous avez raison, a dit Valaincour, les braves gens se battent, et n'en parlent pas. Avant la nuit donc, je vous attends, et il est sorti du château.

EGLANTINE.

Je suis toute tremblante. Oh ! mon Dieu, quel danger d'aimer un homme si peu maître de lui (*en soupirant*), et comme je fais bien de n'y plus songer !

Mad. D'ERIC.

J'ai fait entendre raison à votre père, et il a bien vu, par tout ce que je lui ai rappelé, que Valaincour était beaucoup plus ici par sa faute que par la mienne.

EGLANTINE, *continuant sans l'écouter avec attention.*

Sans doute, et d'ailleurs je serais bien dupe d'y penser ! voilà deux heures qu'il est parti, a-t-il seulement approché du château ? Je n'en veux plus entendre parler; il m'écrira, je ne lirai pas ses lettres ; il viendra; et je.....

Mad. D'ERIC.

Tout est convenu avec votre père, il sent la nécessité d'empêcher un éclat, il se prête à nos vues, à nos projets; je l'ai fait consentir à tout...

EGLANTINE, *transportée.*

Est-il possible ? il consent à mon mariage ?

(43)

Mad. D'ERIC, *souriant.*

Il s'agit bien de cela, puisque vous n'avez plus d'amour.

EGLANTINE, *confuse.*

Ah! mon Dieu, j'oubliais déjà que je ne l'aime plus.

Mad. D'ERIC.

Le plan est concerté. Empêchons d'abord les ennemis de se joindre ce soir. Restons ici, Brial ne se doute pas que son secret m'est connu; il ne peut sortir du château sans passer par cette salle, il faut qu'il devienne notre prisonnier, sans qu'il s'en doute; amusons-le, occupons-le, ne le quittons pas: il sera aux abois, mais ne pourra pas dire son secret; il pensera nous échapper, et gagner de vîtesse à l'heure marquée, il ne se trouvera pas un cheval dans les écuries, et le rendez-vous sera manqué.

EGLANTINE.

Mais Valaincour....

Mad. D'ERIC.

Attendra, gémira, et se repentira; il ne faut que lui en donner le tems. Peut-être même déjà, en attendant l'heure fatale, rode-t-il autour du château....

EGLANTINE, *courant à la fenétre.*

Quoi! vous pensez.... oh! si c'était....

Mad. D'ERIC.

Allons, Eglantine, soyez donc un peu raisonnable, et fiez-vous à moi: je crois entendre Brial; point de distraction, soyez toute à votre rôle.

SCÈNE II.

Mad. D'ERIC, EGLANTINE, BRIAL.

BRIAL, *à part.*

Les voilà : quel contre-temps !

Mad. D'ERIC.

Venez, venez donc; M. de Creneuil vient de nous faire mille reproches à votre sujet; il prétend que les circonstances nous ont empêché de vous faire les honneurs du château comme il l'aurait désiré, et dans l'instant même nous nous promettions, Eglantine et moi, de réparer les torts....

BRIAL.

Des torts ? c'est trop de bonté. (à part.) Qui diable aurait imaginé qu'elles étaient ici !

TRIO.

Mad. D'ERIC et EGLANTINE.

Il faut obéir à ᵐᵒⁿ/ₛₒₙ *père,*
A présent, pour le contenter,
Par nos soins il faut vous distraire :
Nous ne voulons plus vous quitter.

BRIAL, *avec surprise.*

Pas me quitter !

Mad. D'ERIC et EGLANTINE.

Pas vous quitter..

BRIAL.

Ah ! vraiment . l'aimable esclavage !
Quoi toujours être près de vous,
N'est-ce pas le sort le plus doux ?
Mais ce soir j'ai , dans ce village,
Quelqu'intérêt...

Mad. D'ERIC et EGLANTINE.

Y pensez-vous ?

BRIAL.

Une affaire...

Mad. D'ERIC et EGLANTINE.

Oh ! quel badinage !
A la campagne ! y pensez-vous ?

(à part.)

Empêchons le rendez-vous.

BRIAL, à part.

Ne manquons pas le rendez-vous.

Mad. D'ERIC.

Peut-être à quelque lieu sauvage,
Ainsi qu'un berger d'opéra,
Voulez-vous conter le servage
Qui toujours vous enchaînera ;
Mais on vous en empêchera ;

On vous occupera :
Aimez-vous la musique ? alors on en fera.

EGLANTINE.

Si vous aimez la danse, eh bien ! on dansera,
On chantera,

Mad. D'ERIC.

On dansera ;
Mais ici monsieur restera.

EGLANTINE.

Près de nous monsieur restera.

BRIAL.

Vraiment, cela me charmera.

EGLANTINE, bas à Mad. D'ERIC.

D'effroi mon cœur palpite :
Je crois entendre Valaincour.

Mad. D'ERIC, à part.

Éloignons Brial au plus vite.

LES FEMMES,

Dieu ! s'il rencontre Valaincour !

BRIAL, à part.

Il faut rejoindre Valaincour.
Que faire pour que je les quitte ?

Mad. D'ERIC, à BRIAL.

Venez écouter un rondeau.

(à part.)

Sachons prolonger le rondeau.

BRIAL.

Allons écouter le rondeau.

(à part.)

Le diable inventa le rondeau.

EGLANTINE.

Venez apprendre un pas nouveau.

(bas à Mad. D'ERIC.)

Faisons durer le pas nouveau.

BRIAL.

Ah ! c'est charmant ! un pas nouveau.

(à part.)

Ah ! maudit soit le pas nouveau.

(Ils sortent.)

SCÈNE III.

VALAINCOUR, LA FLEUR.

LA FLEUR.

Ma foi, monsieur, je n'en peux pas croire mes yeux; vous voilà dans ce salon que vous juriez de ne jamais revoir il y a deux heures.

VALAINCOUR.

Tu penses bien qu'il faut..... je viens..... ne vois-tu pas que je suis au désespoir ?

LA FLEUR.

Pourquoi donc, monsieur ? je croyais que vous n'étiez qu'en colère.

VALAINCOUR.

En colère.... contre.... contre moi-même. Maîtresse, amis, parens, il n'y a personne ici qui n'ait à se plaindre de moi.

LA FLEUR.

Ah! je respire. Ainsi donc vous savez que vous avez eu tort avec M. de Brial.

VALAINCOUR.

Avec tout le monde.

LA FLEUR.

Le Ciel soit loué! Ainsi, puisque vous reconnaissez qu'il ne vous a pas offensé, vous ne vous battrez pas avec lui.

VALAINCOUR.

Imbécille! est-ce une raison ?..... Mais il s'agit bien de cela: il faut que tu voies Mad. d'Eric et que tu lui dises..... mais non, ne va pas...... Que de tourmens! que de regrets!

LA FLEUR.

C'est comme cela chaque lendemain.

VALAINCOUR.

Il est bien tems! Eh bien, puisque tu me connais, pourquoi ne m'aides-tu jamais à sortir d'embarras ?

LA FLEUR.

Mais, monsieur, je ne peux pas deviner......

VALAINCOUR.

On vient, on épie, on s'inquiète : ne pouvais-tu pas me tirer, sous le moindre prétexte, de ce salon où j'étais au supplice ? mais tu ne sais rien imaginer, rien prévoir ; tu n'arrives jamais à propos ; tu es un mauvais serviteur qui n'a jamais aimé ton maître.

LA FLEUR.

Si, monsieur, je vous aime malgré tous vos défauts.....

VALAINCOUR.

Coquin ! tu oses te permettre des réflexions.....

LA FLEUR.

Non, monsieur, je ne réfléchis jamais.

VALAINCOUR.

Va-t-en, et songe que c'est la dernière fois que je te pardonne.......

LA FLEUR, *à part.*

J'ai toujours un pardon quand il a fait une sottise. *(Il sort.)*

SCÈNE IV.

VALAINCOUR, *seul.*

Avant d'aller au rendez-vous, il faut absolument que je me justifie..... Je dirai que l'impatience, la colère..... non, il vaut mieux ne rien dire. J'attends ici de pied ferme la première personne qui viendra, et pour lors..... Est-ce ma faute à moi ? n'est-ce pas Mad. d'Eric avec sa lenteur, ce Brial avec ses mauvaises plaisanteries, et ce père qui ne me veut pas pour son gendre ? Parbleu ! le grand mal d'avoir aimé sa fille !.....

SCÈNE V.

VALAINCOUR, ÉGLANTINE.

EGLANTINE, *dans le fond.*

J'ai entendu sa voix.... c'est bien lui ; est-il encore en colère ? je n'ose l'aborder.

VALAINCOUR, *se croyant seul.*

Pourtant, si je veux rentrer en grâce, il vaut mieux avoir recours à la douceur; mais si je leur fais demander de paraître voudront-elles le permettre ?

EGLANTINE *à part.*

Vraiment je crois qu'il réfléchit; le moment est favorable : allons, du courage, n'oublions pas ce que j'ai promis à Mad. d'Eric.

VALAINCOUR.

Quelqu'un vient. (*il se retourne.*) Que vois-je ? Eglantine ! —Oh ! ma charmante amie, m'auriez-vous pardonné ?

EGLANTINE, *avec une froideur étudiée.*

—Moi, monsieur ! certainement non..... (*avec la plus grande naïveté*). Valaincour, est-ce que vous ne m'aimez plus ?

VALAINCOUR.

Plus que jamais.

EGLANTINE, *de même.*

Eh bien, mon..... mon ami, vous avez eu des torts qui ont irrité mon père grièvement; ne voulez-vous donc pas les réparer ?

VALAINCOUR, *avec la plus grande vivacité.*

Les réparer ! ah ! ma charmante amie, que ne tenterais-je pas ; s'il en est encore un moyen ! ma liberté, ma vie, je donnerais tout au monde.

EGLANTINE, *avec trouble.*

Quoi ! si l'on exigeait un sacrifice ?

VALAINCOUR.

Il n'est point au-dessus de ma volonté.

EGLANTINE, *avec beaucoup de trouble.*

Eh ! bien.....

VALAINCOUR, *étonné.*

Parlez.....

EGLANTINE, *encore plus troublée.*

Eh ! bien.....

VALAINCOUR.

Pourquoi cet air agité ? Eglantine, pourquoi ces larmes ?

EGLANTINE, *pleurant.*

Vous allez vous battre, puis-je être tranquille ?

VALAINCOUR, *surpris.*

Qui vous a dit......

EGLANTINE.

Ne cherchez point à le nier, on a tout entendu.

VALAINCOUR, *à part.*

Quel embarras !

EGLANTINE, *avec fermeté.*

Vous me reprochez d'être encore un enfant, il faut que je me justifie pour croire à votre amour ; j'en attends une preuve ; vous me devez un sacrifice, quoi qu'il puisse vous coûter ; me le refuserez-vous ? que n'ai-je pas fait pour vous ! serez-vous moins généreux ?

VALAINCOUR, *à part.*

Je suis au supplice !

EGLANTINE, *avec beaucoup de vivacité.*

Il est temps de me rassurer sur la violence de votre caractère, et de me montrer jusqu'où va le pouvoir de l'amour ; que pourrais-je penser, si je n'obtiens pas un consentement ? quel homme dangereux, me dira-t-on, que celui qui ne sait pas se garantir d'un tort, et n'ose pas le réparer quand il s'en est rendu coupable ! Je me dirai : il a écouté mes reproches, il a vu mes larmes, et je n'ai rien obtenu ! Ah ! Valaincour, ne me refusez pas ? vous vous êtes battu vingt fois, on ne connaît que trop votre bravoure ; un duel ne saurait y ajouter ; mettez maintenant votre gloire à démentir l'opinion qu'on a de votre caractère, afin d'autoriser mon choix......

VALAINCOUR, *ému.*

Ma chère Eglantine, que voulez-vous que je fasse....

EGLANTINE.

Peu m'importe, mais pas de duel.....

VALAINCOUR.

Il n'est plus temps.

EGLANTINE.

Avouez vos torts.

VALAINCOUR, *avec étourderie.*

Très-volontiers. Je vais me battre, ensuite je dirai tout ce qu'il vous plaira.

EGLANTINE, *avec dépit.*

Il faut avoir une entrevue avec Brial, et.....

7

VALAINCOUR.

Je ne peux vivre sans vous, mais aussi mon honneur...

EGLANTINE.

Eh! monsieur. quel honneur y a-t-il à tuer les gens qui ne vous ont pas offensé, ou à faire mourir de chagrin tous vos amis ?

VALAINCOUR.

Mais, vous n'entendez pas....

EGLANTINE.

Non, monsieur, je n'entends rien, sinon que vous me refusez et que je suis au désespoir; il ne me reste qu'une épreuve, elle sera la dernière; après cela battez-vous, faites-vous tuer, tout ce qu'il vous plaira; mais soyez bien sûre que je ne vous aimerai plus. *(Elle sort.)*

SCÈNE VI.

VALAINCOUR, *seul.*

CHARMANTE femme! qu'elle a de pouvoir sur mon cœur! *(avec étourderie.)* Mais elle a beau dire, une femme est toujours enchantée qu'on se batte pour elle. *(Il va pour sortir.)* Vite, il faut s'échapper; j'ai vu le moment où j'étais leur prisonnier. Mais que vois-je ? cette porte..... celle-ci..... par-tout même obstacle..... Il me semble pourtant que derrière ce rideau, *(il tire un rideau.)* Bon! c'est une fenêtre, je suis sauvé. *(Il regarde.)* Au moins, Eglantine sera contente, car si je me casse la tête, je ne me battrai pas..... *(Il ouvre la croisée.)*

SCÈNE VII.

BRIAL, VALAINCOUR.

BRIAL, *sans voir Valaincour.*

POURQUOI m'envoyer ici ? veulent-elles se jouer de moi ?

VALAINCOUR.

Il faut bien prendre son élan. *(Il monte sur la croisée.)*

B R I A L, *de même.*

Je commence à croire que mon secret est découvert... *(appercevant Valaincour.)* Mais, que vois-je ? c'est vous, monsieur ?

V A L A I N C O U R, *sautant en dedans.*

Ah! ma foi, monsieur, vous venez à propos, j'allais vous chercher.

B R I A L.

Comment cela !

V A L A I N C O U R, *très-gaiment.*

Plus d'une belle m'a fait monter par la fenêtre, mais vous êtes le premier rival qui ait pensé m'en faire sauter.

B R I A L.

Expliquez-vous.

V A L A I N C O U R, *de même.*

On nous traite comme deux tendres amans ; nous sommes gardés à vue, mais on ne s'avise pas de tout. Il nous reste une seule chance, cette fenêtre est ouverte ; l'architecte l'a placée un peu haute, mais n'importe ; je vous propose une partie, le défi est nouveau ; sautons, ce sera au plus heureux ; si nous nous portons bien, nous irons nous tuer, autrement nous ne nous demanderons rien.

B R I A L, *regardant par la fenêtre.*

Cette chance n'est pas équivoque ; il y a trente pieds au moins. ......

V A L A I N C O U R, *très-étourdiment.*

Ah! je vous comprends ; vous trouvez que pour une mauvaise querelle.....

B R I A L, *étonné.*

Mauvaise querelle !

V A L A I N C O U R, *embarrassé.*

Je veux dire... *(hésitant.)* Ma foi, monsieur, cela va mal, et bientôt il ne nous restera plus qu'un parti.....

B R I A L.

De nous battre dans ce salon ?

V A L A I N C O U R, *avec une gaîté forcée.*

—Du tout, c'est bien pis.

B R I A L.

Je ne sais pas ce que vous voulez dire ?

VALAINCOUR, *à part.*

Mon dieu ! qu'il faut de courage pour ne pas se battre !

SCÈNE VIII ET DERNIÈRE.

BRIAL, VALAINCOUR, EGLANTINE, Mad. D'ERIC *dans le fond, conduisant Creneuil par la main.*

CRENEUIL.

C'est inutile, je ne veux rien entendre.

EGLANTINE, *au fond du théâtre.*

Écoutez, mon père, vous reprendrez votre colère ensuite.

VALAINCOUR, *à* BRIAL, *avec un embarras qu'il veut cacher.*

Ces dames savent que nous devons avoir une affaire.

BRIAL, *à* VALAINCOUR

Je m'en doutais, à toutes ces précautions.

CRENEUIL, *à* EGLANTINE.

Nous n'entendrons que des sottises.

BRIAL.

Avez-vous un moyen de les tromper ?

VALAINCOUR, *naïvement.*

Ah ! s'il ne s'agissait que de cela ;

BRIAL, *surpris.*

De quoi s'agit-il, donc ?

VALAINCOUR, *après avoir hésité beaucoup.*

C'est que les circonstances..... (*avec une gaîté forcée.*) Ces dames ont voulu me persuader que j'avais eu tort.

EGLANTINE, *d'un air de triomphe.*

Eh ! bien, mon père, qu'en pensez-vous ?

BRIAL, *questionnant avec incertitude.*

Et vous, monsieur ?

VALAINCOUR, *étourdiment, et reprenant sa fierté.*

Moi, monsieur, je n'en conviens pas.

CRENEUIL, *à* EGLANTINE.

Entends-tu ?

VALAINCOUR, *s'adoucissant et avec un embarras toujours croissant.*

Mais.... (*après un moment d'incertitude*) Tenez, monsieur, je n'aime pas les préambules.

BRIAL, *très-surpris.*

Ni moi non plus.

VALAINCOUR, *avec le ton de la plus grande franchise.*

Puisque nous n'avons aucun moyen de faire notre volonté, il faut bien faire celle des autres; agissons de bonne grâce, pour que tout le monde soit content.—Voulez-vous être de mes amis?

BRIAL, *encore plus surpris.*

Moi, monsieur?

VALAINCOUR, *de même.*

Oui, monsieur, je vous propose d'être de mes amis. Vous êtes militaire et vous avez servi avec distinction. Pour moi, tout le monde sait que je me bats à torts et à travers : nôtre réputation ne tient pas à un duel, puisque tout s'oppose à celui-ci; pourquoi chercheriez-vous à être victime d'une plaisanterie qui avait pour but de m'être utile....?

CRENEUIL, *surpris.*

Mais voilà qui est fort bien.

EGLANTINE, *naïvement.*

Je suis enchantée!

BRIAL, *embarrassé.*

Monsieur, ce n'est pas moi qui ai voulu.....

VALAINCOUR.

Qui dit le contraire? c'est moi qui vous ai cherché une..... mauvaise querelle

BRIAL, *avec agitation.*

Quoi! monsieur, une mauvaise querelle!

CRENEUIL, *ému.*

Ce jeune homme a parbleu un naturel excellent.

EGLANTINE.

N'est-ce pas, mon père?

VALAINCOUR, *avec gaieté.*

Mon usage n'est guère de faire un tel aveu; au contraire, plus j'ai tort et plus je suis opiniâtre; mais ici l'amitié, l'amour

et peut-être la raison, tout s'accorde pour me faire dire que....
je me reconnais..... agresseur..... et même coupable; je suis
prêt à le publier. (*Brusquement*) — Cela ne vous suffit pas?
—Eh bien, allons-nous battre, mais songez-y bien, c'est vous
qui êtes la mauvaise tête.

CRENEUIL, *paraissant*.

Eh! non, non, vous ne vous batterez pas; je veux, au
contraire, que vous vous embrassiez.

VALAINCOUR, *avec mauvaise honte*.

Quoi! monsieur, vous m'avez entendu?

CRENEUIL.

Oui, jeune homme, j'ai été témoin d'un procédé franc et
loyal, qui m'étonne et me touche.

VALAINCOUR, *avec joie*.

Serait-il vrai?

CRENEUIL, *à part à* Mad. D'ERIC.

Quel dommage d'avoir une mauvaise tête avec un si bon
cœur!

Mad. D'ERIC, *bas à* CRENEUIL.

Prenez le cœur et la fortune pour ce qu'ils valent.

EGLANTINE.

Mon père, avez-vous entièrement pardonné?

CRENEUIL.

Il y a une providence pour les étourdis, ils finissent toujours par faire ce qu'ils veulent.

Mad. D'ERIC, *à* VALAINCOUR.

Mon ami, il est chancelant.

VALAINCOUR.

Je n'ai pas mérité le bonheur, je n'ose y prétendre.

CRENEUIL, *prenant la main* D'EGLANTINE.

Tu meurs d'envie d'être malheureuse; mais si j'y consens,
ne me parle jamais de vos querelles de ménage.

VALAINCOUR, *transporté et avec étourderie*.

Jamais nous ne vous en dirons rien.

CRENEUIL.

En père sage, je devrais au moins vous éprouver quelque
tems, mais vous ne changeriez peut-être pas, et ma fille vous
aimerait toujours; je serais pressé, tourmenté; il faudrait céder,

autant vaut me résigner aujourd'hui : le tems vous ôtera votre étourderie et ne vous laissera que vos bonnes qualités. (*à Brial*) Monsieur, je vous donne l'exemple des sacrifices.

BRIAL.

Je veux avoir ma part au bonheur de ces amans.

(Il tend la main à Valaincour.)

VALAINCOUR, *à Mad. d'Eric.*

Aimable cousine, mon cœur pénétré suffit à peine aux deux sentimens qui le partagent.

CHOEUR FINAL.

On cesse d'être condamnable
Lorsque l'on cède à ses remords;
La vertu qui reste au coupable
C'est toujours l'aveu de ses torts.

FIN.

De l'Imprimerie de LEVALLOIS, rue J.-J. Rousseau, n. 14.

9 782014 048100